현대시세계 시인선 131

기압골의 서쪽은 맑거나 맛있거나

임경남 시집

기압골의 서쪽은 맑거나 맛있거나

임경남
시집

도서출판 북인

시인의 말

시인 임경남은 명사이고
시를 좋아하는 임경남은 동사입니다
세상의 모든 풍경이
동사 임경남을 찾아오면 한 편의 시가 만들어지곤 했는데
그 시를 들고 청춘의 한때를 건너올 수 있어 행복했습니다

내 안에 물비늘 같은 시어들이 자라나
세상을 보는 눈이 더없이 지극해졌습니다

2021년 8월
임경남

차례

2부

3부

4부

1부

간격

옥상은
마당이 그리운 나의 쪽문이다
햇살 하나로 상추 모종을 심으면
풍성한 식탁의 꿈이 미리 차려진다
수돗물로 자라나는 옥상밭이 불안하다
물러진 상춧잎을 하나씩 떼어내고
돌아와 다시 싱싱해질 가족을 기다린다.

바람도 햇살도 적당한 간격이 좋다

잎과 잎 사이 사람과 사람 사이
너무 가까우면 짓무르는
물렁뼈의 잎사귀들

선사시대로 진입하다

저만치 털북숭이 원시인이 손도끼로 간판을 내리치고 있다
선사유적공원 350미터 우회전
나는 시속 50킬로미터의 속도로 선사시대에 진입하고 있다

우가우가
다섯 명의 사내가 돌도끼로 곰을 쫓고 있다
놀란 곰이 피의 방향으로 도망치자
동굴 벽은 꼼꼼히 사냥을 기록했다
나는 큰 산양 한 마리 어깨에 걸치고 나타날
힘줄이 붉은 사내를 기다리는 중이다
사내와의 한 끼가 또 다른 생명을 준비하는 저녁을 지나면
맨발에 밟힌 새싹을 빗살무늬토기에 저장한다
생각의 마제석기가
고인돌 아래 오래오래 죽어서도 살아 있다
움집 지붕 위로 펄펄 눈이 내리고
지금은 식은 화덕에 불을 먹여야 할 때

까똑, 떠도는 유목을 깨우는 소리
언제 돌아올 거냐는 딸아이의 문자에
나는 가족을 발굴하러 다시 차를 몰았다

뉴스

서문시장 불이 뉴스를 달군다

동동걸음마저 타버려 건질 것 하나 없는 저녁

현장기자의 허탈한 표정에도 그을음이 배어 있다

발화지점은 비밀이고 비밀은 급성으로 자라난다

활활 타오르는 어처구니들

소방대원들은 물 젖은 하루를 잘 말려 입었을까

산산조각을 붙잡은 손들이 쿨럭거린다

싱싱한 등짐이 사라진 지금 붉은 비가 내리는데

12월의 찬바람을 퍼내고 나면 다시 봄이 올까

나는 불탄 자리에 시간의 숲을 걸어두고

잘 마른 슬픔이 꽃으로 피어나는 기도를 올린다

마감 뉴스가 밤늦도록 마감을 못 한 채 요란하다

미술관 좌상들

미술관의 죽은 이마에 나비가 날아든다

산벚이 열두 폭의 병풍을 부풀리며 가는 동안
어디선가 봄의 행차가 들썩인다.

한 번도 전시회를 열지 못한 박수근의 사람들이
거친 질감의 화폭을 찢고 쏟아진다
마애불은 마지막 다이어트를 끝냈는지
무거운 바위 안에서 뛰쳐나오고
선글라스와 노랑머리와 핫팬츠 차림의 사람들이
차라리 눈부신 경經이다

꽃담을 지키던 돌장승들 모가지도 없이
구름의 신발로 따라나서는데

친구들 연인들 가족들 삼삼오오 걸어가는 입상들
돗자리를 펴고 벚꽃 아래 도시락을 먹는 좌상들
모두가 봄의 공범자,
미술관 밖을 뛰쳐나온 보물들이다

세한도를 빠져나온 소나무 한 그루
찻집 쪽으로 그림자를 기울이면
나는 잘 익은 그늘을 열고 천 년의 도록 속으로 들어간다

어느 시대의 유물인가
그때
접어둔 나비 한 마리 셀카 속으로 날아드는데

금요일의 일기예보

나는 맑거나 맛있거나

구름의 동쪽은 흐리거나 비가 온다
편서풍을 타고 온 너는
기압골을 빠져나와 두근거리는 내 귀에 닿는다

일주일의 꼭짓점은 금요일

저녁 내내 불온해지고 싶은 고기압의 날
네이비색 스커트 자락이 팔랑 뛰어오른다
창밖은 짱짱한 추위
오목한 너의 품으로 자진해버릴 것 같은 오늘의 예보
감정의 등압선이 너를 향해 부풀고
나비가 오는 토요일은 오지 않아도 좋아

기압골의 서쪽은 맑거나 맛있거나

연어골목

집을 찾아가지 않는 골목은 없다
골목은 연어다

백년족발집과 자장면집을 지나면
아픈 대추나무 아래 리어카가 돌아서 있다
골목 안까지 쳐들어온 개발에 기슭을 놓친 사람들
골목의 역류는 공복으로 깊어진다

한때 해저 250m 아래
싱싱한 파도를 거느린 적 있었지만
낡아버린 성곡로 68-4는
헐떡이는 숨을 부린 막다른 번지가 되었다

병든 대추나무에는 새도 돌아오지 않아
산란을 마친 어미 연어가 골다공으로 깊어간다
어미 태에 묶인 어린 치어가 머리를 흔들 때
강물을 거슬러오르는 골목에 맨발의 어미만 홍건하다

안녕, 안녕

아플 땐 유목의 언어를 써야 해
단순해서 가벼워지는 말로
그래야 쉽게 날아오르거든
구름도 그렇게 날아올랐다가 소나기가 되는 거야
사랑도 이별도 싱겁게 해석되어야 해

유목의 연애가 아름다운 건 이별이 간편하기 때문이지

몸이 감옥인 사람들
저마다 깁스를 하고 링거를 달고
지루한 잠이나 기다리지

하얀 벽은 초조해 물감이라도 뿌리고 싶어

텔레비전 소리가 귀에 달라붙어도
함부로 리모컨을 탐하면 안 돼
울창한 어둠으로 빠져나가기 전에
마음의 근육이 빠져나가기 전에
먼저 병원을 떠나야 해

안녕, 안녕
입고 옷과 수건 한 장
유목의 가방을 머리맡에 두고 위무하는 밤
고르지 못한 바닥에 뼛속의 잠이 눕지 못하고 있어

한 차례의 내가 참았던 소나기로 뛰어내려야 해

니스를 나이스로 읽다

구두의 발자국이 반짝거린다
꽃 피는 일이라면 어디서든 나이스

파도의 자잘한 혀들이
해변의 자갈을 훑고 지나가면
눈물마저 푸르른 지중해의 한낮이 된다

해변의 부리로 모여드는 이방의 사람들

모든 소리는 까치발로 다가와
니스를 나이스~ㄹ 하고 지나간다

나는 자지러지는 웃음에 걸터앉아
일몰의 니스 해변을 읽는다

나이스~ㄹ

* Nice : 프랑스 지중해 연안의 남부 도시 .

화분

화분은 흙으로만 채울 수 있다고 믿었다

요양병원 사각의 방에 놓인 직사각형의 화분들
식물이 된 사람들이 누워 있다
간호사와 의사와 간병인이 돌보는 식물원
주말이면 같은 유전자를 가진 사람들이 찾아와
메마른 식물을 적시기도 하지만
턱도 없는 가뭄이다

도시의 생활이란
24시간 자식들이 광합성을 일으키긴 힘들어

가끔 아무도 모르게 식물은 혼자서 가지를 꺾는데
딸들의 통곡이 짧게 지나가면
무표정한 간호사는 소독약을 뿌리고 남은 잎을 떼어내
다시 올 식물을 기다린다
우리 엄마도 화분에 심겨져 있다가 이맘때쯤 뽑혀 나갔다
화분은 그대로인데 이름표만 바뀌는 식물원

그 식물원에는 자주 비가 내려도 언제나 가뭄이다.

요플레를 먹을 땐 턱받이가 필요해

동백처럼 한 번에 툭 떨어져버리고 싶은 203호

사랑유치원 창가에 햇볕이 들면
보모가 턱받이를 입히느라 분주하다
평균 나이 85세의 아가들
오물거리는 식사시간이 돌아온 것이다
한평생 분주하기만 하던 손이
이제는 밥숟갈도 들지 못해 심심해져버렸다
가족을, 달력을, 일기예보를,
간혹 정신줄마저 놓쳐버리는 아가들에게
스물네 시간이란
밥 아니면 잠, 신지도 못하는 걸음뿐이다
허공에 매달려 있는 텔레비전 소리가
귀에까지 내려오지 못해 머리 위를 떠다니는 203호실
키 작은 냉장고에는 요구르트와 요플레가
기다림처럼 쌓여간다
사랑유치원 아가들은 아들을 낳은 기억이 없는지
딸들만 찾아와 유치원을 먹여살린다
일찍 저녁을 끝내고 나면
자도 자도 끝이 보이지 않는 밤

발바닥 대신 허리로 건너가는 이들에게
어둠을 신은 잠꼬대는 속수무책이다

아가에게 가장 아픈 손가락이었던 나는
날마다 찾아가 중얼거리는 볼을 쓰다듬는다

창밖 동백이 툭 떨어지려고 유난히 붉다

서귀포에서

— 솔릭*

폭염에 멸종된 줄 알았던 바람의 소식을
이곳에서 듣는다
속수무책이다

살다 보면 어쩔 수 없는 상황이
코앞까지도 닥치기도 하지만
안부마저 고립된 날은
꼼짝없이 붙들려 이 밤을 관통해야 한다

무료한 날을 견뎌온 해변의 간판도
막무가내로 헝클어지는 바람의 만조시간
내게 전할 열대성 전보라도 있었던가
밤새 뛰어온 걸음이 유리창 앞에서 안간힘이다

갈매기들 새섬으로 돌아간 공중에는
사선으로 비가 내리고
채널마다 일기예보가 성업 중이다
야자수 나무는 일찌감치 바람의 방향으로 전향했다

눈만 남은 태풍이

쿵쿵거리며 밤새 서귀포를 두드리는데
이제야 알겠네
세상의 속수무책들이 다 이곳에 왔다가 사라진다는 것을

* 솔릭: 2018년 서귀포 여행 중에 만난 태풍.

빈집

야반도주의 목록은 빚이거나 애정이거나

시골 옆집은 20년째 빈집이다
돈이 필요할 때마다 궁리가 깊어지는 담장은
기름 냄새와 막걸리로 자주 인심을 부풀렸다

아무도 모르는 야반도주가 꿈틀거리던 그 밤을 마당 안쪽 감나무는 다 지켜보았을 것인데

애정이 식은 빈집은 허물어지기 좋아
아랫목까지 풀꽃이 차오르면
빚을 맡기기에도 든든했겠지

감나무는 시치미를 떼느라 해마다 푸른 혈서를 내걸고 견뎠을 거야

나는 인기척을 잃은 집을 볼 때마다 수척해진 빚장이 되어
강물 소리는 까치발로 섰는지
술내 나는 욕지거리들이 몇 번이나 빈집을 다녀갔는지

서울로 갔다는 야반도주는 외줄의 빈자리라도 마련했는지 궁금해지는데

새우등처럼 굽은 저녁이 오면
빈집은 마을의 오래된 구멍이 된다
이제는 미움도 낡아 망초꽃만 담장을 넘고 있다

겨울밤

호롱불 일렁거리던 밤이었어요
연필에다 침을 꾹꾹 발라가며 숙제를 하는 동안
뒷산 시누대 일렁이는 바람소리 마을의 무릎까지 차올랐고요
또당또당 방안 가득 무 썰던 엄마의 도마 소리
어린 나를 기워가고 있었지요
아무리 살아내도 수북한 외상값 같은 젊은 날의 엄마를
숙제장 뒤편에다 받아 적으며 자주 체기에 시달리곤 했어요
가끔 쪽진 외할머니 오셔서 초저녁잠에 들고나면
코 고는 소리 기와지붕을 들썩거리게도 했는데
부엉이 깊이 울어 새벽을 흔들어대면
도란도란 모녀지간의 이야기 잠든 우리들의 머리맡을
흥건하게 적시기도 했지요
호롱불도 외할머니도 모두 전설이 되고
무말랭이처럼 줄어든 엄마는
숙제장 뒤편에 받아 적게 했던 적막을 지금까지 데리고
하강하는 중이에요
저온에도 화상을 입듯
아무도 나를 미워한 적 없었지만
웬일인지 자꾸만 물집이 잡히던 겨울밤이었어요

햄릿증후군

헛배 부른 저녁이다
마음이 몸을 따라가지 못하고
햇반 하나에도 울컥해지는
도시의 삶이란 각자의 공복을 채우며 사는 것이다

"젊음이 재산이라고"

전자레인지 2분이면 좌르르 윤기가 도는 저 밥
저 밥으로도 다 데워지지 않는 온기는 어디서 찾아야 하나
햄 하나와 김치 한 조각에 익숙해지면
고독도 제법 쓸 만한데

"쓸데없는 재산 개나 줘버려"

중심에서 밀려나면 언제나 변방
세상의 풍요는 내 가난만 배불리고
외로움도 금방 고봉이 되네

말없이 떠나버린 그녀의 빈자리가
내겐 여전히 공백이다

코닥의 재발견

몸 안에 내장된 아날로그를 다시 꺼냈다
스물네 장의 필름이 든 가슴을 열어
하나 둘 셋
추억은 여백이다

하루에도 열두 번 쳐들어오는 미래에
흑백은 나만의 고집인가
필름이 현상되는 동안
까톡 까톡
몇 편의 편지가 다녀갔다

새로운 구닥은 엎드려 쓰는 일기다
표정을 꾹꾹 눌러담을 때
속도에 지친 사람들
기꺼이 불편에 초대된다

2부

첫봄

쪼그려 앉아야 볼 수 있는 꽃다지다

흙의 뼈들이 손을 놓았는지
땅의 배꼽이 움푹 패인다
머잖아 한 편의 꽃 그림엽서가 도착할 것 같다
입춘이 얼고 녹는 동안
절개지가 된 몸에 감기가 찾아왔다
내가 건조한 손바닥을 비비며
이월의 서고를 뒤적거릴 때
봉숭아 물든 새끼손가락은
홍매화 그늘 아래로 옮겨갔다
나는 창가에 앉아 너와의 약속을 유리병에 담는다

방금, 키 작은 여자가 휘리릭 지나갔다

손 없는 날

로봇 청소기가 벚꽃의 뒤축을 따라다니고 있어
먼지 대신 꽃잎을 털어먹은 청소기가 속도를 피우는 밤

립스틱의 뿌리는 내 입술이야
입술을 지나온 말들이 웃음의 사각지대에서 먼지를 뒤집어쓰고 있어
그날의 키스는 어디에도 남아 있지 않아 낡은 입술의 날들은 버려야 해
결혼사진도 백과사전도 이십 년이면 다 유물이지
남아 있는 손자국과 발소리까지 다 신고 가야 해
텅 빈 공간이 주인이 될 때
먹먹한 어둠의 보관장소는 장롱이 최고였지
햇빛을 넉넉히 가진 나는 소소한 화분들과 광합성의 지분을 나눠갖기로 했어
활짝 핀 해바라기 액자에 내린 뿌리들을 털어내야 하거든
숨겨진 시간만큼 숨은 벽을 되돌려주어야 해

나는 베란다 밖 풍경에 손을 집어넣고
낯선 바람의 질감이 떠다니는 공중을 읽어본다
자동차가 자꾸만 제 방향을 놓치는 며칠

로봇 청소기가 내 발끝을 졸졸 따라다니는 이곳은
여전히 강력한 봄

손 없는 최고의 날이었어

모창

올해는 왜 연못에서 개구리 소리가 안 들리지

공원에 인공으로 만든 연못이 있다 그 연못에는 개구리 소리 바글바글하다
개구리 소리를 따라나선 내 귀는 자주 연못 근처에서 발견된다
울음소리 몇은 산책하는 사람들의 발걸음을 따라 떠나기도 하고 떠난 울음소리는 자전거 바퀴에 물려 돌아오기도 했다
팔랑거리는 이파리에 묻어오는 바람의 냄새가 내 등을 쓸어내리며 밥 먹으러 오라고 부를 것 같은 저녁이 이 도시에도 흘러내린다
나는 벤치에 앉아 개구리 소리에 불려나온 유년의 풍경을 타전했다
어떤 날은 개구리 소리를 데리고 돌아와 까무룩 잠이 들기도 했는데 잠 속에는 연못 언저리를 지키던 어린 자작나무까지 따라와 내 잠의 머리맡을 엉클기도 했다

같이 산책을 하던 옆집 아줌마
“순진하기는 그거 전기로 개구리 소리 켜놓은 거잖아”

미처 채우지 못한 괄약근이 확 풀어져버렸다

연못은 오랫동안 순진한 내 귀에다가 개구리 소리를 베껴서 털어넣었던 것이다

종이꽃

사막을 건너왔어요 모래바람을 타고
내가 하는 말은 하도 서걱거려
다른 사람들은 알아들을 수가 없었어요
일 년에 한두 번 온다는 비를 기다린 적도 있지만
뿌리를 내리는 대신 떠도는 법을 익혔지요
한 번도 젖을 물린 적 없는 내 몸은 종이꽃
헛물관을 타고나는 바람에
푸른 잎맥만 무성했어요
건조증이 심한 날은 온몸이 가려워
밤새도록 비듬을 긁어모아 일기를 쓰기도 했는데
문장마다 잔물결이 일어 쉬이 읽어낼 수가 없었어요
여전히 달[月]마다 꽃잎 청구서는 날아들고요
내 몸은 바람을 찢고 온 건기에 시달렸어요

사막에서도 꽃이 피네요
외로움도 간이 배어 세상의 안부 쪽으로 귀를 기울이면
저만치
잘 다듬은 눈물이 반짝반짝 보석처럼 빛나던 걸요

벚나무에게서 배우다

그때
바다는 실성을 했는지
태풍 매미가 아수라장을 만들고 지나갔다
이른 봄
이미 한 차례 꽃 난亂을 일으킨 벚나무가
신나게 이파리를 키워 그늘을 넓히고 있을 즈음
태풍 매미에 모두 떨어져 나갔다
나는 고것들이 어떻게 할 것인지 궁금하여
며칠을 숨죽이며 지켜보고 있었는데
어라
벚나무에서 새봄처럼 다시 꽃이 피기 시작했다

진달래 실종사건

엄마, 내 휴대폰과 신발과 영혼을 부탁해 별의 실종은 꼬리라는 단서가 실수야 맨발로 나갈 거야 더 높은 곳으로 가야 해 중얼거리는 말은 입 밖으로 흐르지 않아 누구도 나를 알아보지 못해 끈질기게 달라붙는 눈빛이 싫어 탈탈 털린 나는 완전 허공이야

실종된 계절을 놓친 꽃샘추위는 견디는 거라고, 초과한 불안을 안고 사는 길고양이들이 몰려와 찢어진 쓰레기봉투에 어둠의 전단지를 붙이고 사라졌어

계곡 물소리를 받아먹고 자란 내 귀에 열린 분홍 잎사귀 좀 봐 아무도 알아보지 못하잖아 진달래를 따먹고 새가 남기고 간 붉은 열매를 따먹고 아래로부터 텅 빈 내가 차올랐잖아 엄마, 내가 가벼워졌어 처음부터 날개 달린 나를 낳아줬으면 얼마나 좋아

너무 오래 양팔로 무릎을 껴안고 있었거든 눈빛이 숲에 가려 나는 피어날 수가 없었어 제발 나를 신고하지 마 내 발자취를 부검하려 들지 마! 쪼그려 앉은 날들에 쥐가 나

어디선가 집중 수색하던 봄바람에 들켜 내가 발각되고 말았어 꼬리 없는 별이 어둠의 천장에 박혀 나를 보살피기도 했는데 엄마는 며칠 동안 두견새처럼 울어 목구멍에 피가 났다고 하지 나를 낳은 엄마가 너무 가여워 나는 돌아가지 않을래

무정란

엄마는 섹스도 없이 날 낳았어요
뜨거운 유전자를 물려받지 못한 나는
무성無性이에요
허공에 매달린 난생신화는 아주 오래된 거짓말
연애도 없이 취업도 없이
오늘 벌어 오늘만 살아요
인스타 안에 풍요는 내 가난만 배 불리고 빌딩은 자꾸 높아져요
빌딩 아래 몰려다니는 바람의 모퉁이에
나를 먹여살리는 편의점이 살아요
아무것도 생산할 수 없는 단기 알바가
혼술과 혼밥을 낳았어요
남아도는 공복을 위해 싱크대 앞에 바짝 붙어서면
말려들어간 말이 입술마저 삼켜버려요
무정無情은 무전無錢과 닮아 있어 늘 주머니가 짤랑거려요
엄마는 날 사랑한다고 말하지만
내가 엄마 딸인 증거 있나요
치맛자락이 나를 품고 있으면 내가 썩고 말아
어디든 굴러가서 살아야 해요
출근은 틀어막을 수 없는 구멍

나도 엄마처럼 얼른 배꼽 없는 아이를 낳고 늙어버려야 해요

송곳니

그녀에게 던진 말에 가시가 들어 있다
가시를 받고 따끔해진 그녀가 뾰족하게 일어선다
브레이크를 제대로 밟지 않아 서로가 서로의 표정을 찌른 것인데
말이 건너오는 온도는 예민하다
가시는 말이 급정거할 때마다 돋아나는 사막

낙타의 먼 울음에 갇혀 사막을 빠져나오지 못한 선인장도 그랬을 것이다
퉁퉁 부은 어린 발목을 모래에 숨겨놓고
철없는 얼굴로 태양의 숨소리를 받아 적던 선인장의 귀는
졸아들어 가시가 되었다

다른 사람보다 긴 송곳니를 가진 나는 말이 때때로 날카로워져
잘린 말들이 찾아와 여기저기를 들추어낸다
선인장의 입이 따끔따끔한 이유다

귀가 큰 사막여우가 햇빛과 모래바람을 발라내면
나는 털 깊은 밤을 읽는다

햇빛을 거둬간 밤은 이내 식어버려 낙타 행상이 당겨 덮은 밤에는 자꾸만 발이 삐져나온다
어둠을 달랠 수 없는 어깨는 사막이라고 쓴다

사막이 읽고 간 불립문자의 기둥에서 가시가 자란다

후리덤을 아세요

붉은 것들은 의문투성이다

수상한 울음을 안고 봄밤을 건넌다
열세 살의 빗장을 열고 새어나오던 원죄 같은 거
그. 건. 원. 래. 다, 그. 런. 거. 야.
도무지 알 수 없는 원서 같은 날
나는 후리덤을 생리대로 고쳐 읽었다
빗방울이 뛰어드는 아침은 자주 불안에 시달렸고
최루탄 가득한 시절에는 연애도 사상검증이 필요했다
한동안 이별의 실핏줄을 들여다보느라 기울어진 어깨로 청춘을 보내고
배롱꽃이 피어나는 신혼을 지나
나는 지금 알록달록한 결혼을 통과하는 중이다
털뭉치처럼 풀려나온 수북한 시간 위로
내 얼굴에 피는 꽃이 절판되었다는 소식을 들은 후
자주 열이 올랐다
후리덤을 떠나보낸 눈자위가 붉어졌다

이제, 오후 두 시의 햇살에는 한 점 의문도 이념도 살지 않는다

후리덤을 보내고 불온도 함께 떠난 오후 두 시는 아무런 잘못이 없다

자유다 덤이다

능소화 흘러내리다

담을 넘은 능소화가 비에 젖는다
먹구름이 골목을 가득 채우자
소나기는 온통 주홍이다
병원은 내게 마지막 말을 털어내라고 한다

사랑한다는 말을 아낀 건 절박할 때 쓰기 위함인가

꽃의 귀에다 사랑한다는 말을 보냈으나
갈 곳을 찾지 못한 말은 흘러내렸다
더위도 초록도 흘러내리기 쉬운 계절
땅바닥에 홍건한 능소화는 만발한 죽음이다

활짝 피었다가 지고 있는 박월순 여사
이승의 담벼락에 손을 떼고 지금 어디로 떨어질지 궁리
중이다
첫째 딸 낳고 둘째 딸 낳고 셋째 딸 낳고 넷째 딸 낳고
마지막으로 낳는 죽음이 난산이다

젖은 비가 서성거리는 오후
슬픔을 독점한 여름이 붉게 익어가고 있다

눈물도 흘러내려야 비로소 눈물인데
능소화, 헐거워진 공중을 잡고 째깍째깍 시간을 재고 있다

변비

詩를 누고 싶었다
詩의 일이란 쉽게 마려워지지 않는 것
생각의 섬유질이라든가
형용사의 수분 함량이라든가
하루 종일 시집을 들이켜도
글자 하나 빠져나가지 못하는 문장이 있다

넘길수록 늘어나는 페이지는 신호대기 중
사방이 불편한 냄새로 쌓인다
더부룩한 아랫배는
관념을 빠져나오지 못해 점점 단단해진다

한낮을 목 졸라봐도
비명 하나 터지지 않아
누군가가 다 써먹어버린 詩의 이면지 같은 날들
표절이라도 저지르고 싶어
나를 막고 있는 딱딱한 품사들 트름만 돋고 있다

야릇한 잠

모르는 남자가 딥키스를 해온다
온몸이 얼어붙는 순간
하필이면 남편의 코 고는 소리가
내 잠을 툭 분질렀다
신혼 때는 손만 닿아도 키스를 해대던 남편이
키스에 손을 놓은 지가 언제인가
외로워진 키스가 가끔 낯선 연애를 꿈꾸게 했는데
꿈길조차 막아선 저 웬수라니
토막난 잠을 이어붙이면
그 남자 다시 내 꿈속으로 와줄까
와서 숨 막히는 느낌표 하나 찍어줄까
새벽 두 시가 잠의 이불에 덮여 멀뚱멀뚱 지나가고 있는데
저 웬수 또 어느 술집을 헤매다 왔는지
지붕을 이고 갈 기세다
나는 이불을 들고 거실로 잠자리를 옮겼다
다시 어둠에 깊숙이 이어폰을 꽂고
누구도 엿듣지 못하는 그 남자를 만나러 간다
독毒도 달콤하면 맛나다던데

아침에 일어나면
신문에 오늘의 운세부터 살펴봐야겠다

아침의 스타카토

독주회 알람이 새벽을 깨워요
벌컥, 찬물 한 컵에 부엌의 막이 오르면
오늘의 악보는 숙취에 맞춰 알레그로로 따라갑니다

불린 쌀의 눈금이 손등에서 자라는 동안
압력솥 연주가 팽팽해지고
멸치 한 줌에 통영 앞바다가 끓어올라요

찬 음표에 비린내가 돌지 않으려면
심벌즈의 뚜껑은 닫아야 하는 법
매운 고추는 비바체로 썰어야 둥둥 떠오르지요

바람의 양념을 발라 산등성이까지 펴진 목청을 구워봐요
칼등이 더덕을 내리치는 아침은 비장해
메아리도 도마 위를 떠나지 않아요

방마다 문을 열고
라디오 볼륨을 귀에 쏟아부으면
졸린 눈의 관객이 식탁으로 모여들어요

높은음자리의 국자로 음표를 건져올릴 때
입 안에서 켜지는 피아노 소리
매운 하루를 견디는 아랫배의 힘을 차렸어요

대숲

한 차례 소나기가 지나고 나면
참았던 말들이 우후죽순 튀어오른다
나는 대숲을 자주 찾는 힘없는 백의의 천사
엉킨 말들을 풀어놓으려 대숲을 찾는다

왜 내가 VIP 발바닥을 닦아야 하는가
비뚤어진 해가 습한 대숲의 공중을 지나느라
높낮이가 맞지 않은 삼교대 근무를 지나느라
절룩이는 나를 탈탈 털어낸다

대숲은 상처난 부리들의 밀항지
정의가 시퍼렇게 독을 키우며 사전만 배불릴 때
세상은 조명만 눈부시더라
역광이 휘어지는 쪽으로 유언비어 같은 죽순이 자라나는

임금님 귀는 당나귀 귀
임금님 귀는 당나귀 귀

무허가

7월의 백화점에는
여우목도리를 두른 여자들이 많다
목도리를 두르지 못한 여자들은 목덜미를 다 내놓고
허연 기침을 뱉어내는데
백화점은 이를 가난의 기호로 읽는다

스프링처럼 튀어오르는 남의 시선으로 나를 잴 때
나는 백화점 회전문을 열고 무허가를 지으러 간다
샹들리에가 잘 고른 털을 비추면
날개 달린 몸이 저절로 한 바퀴를 돌고
일시불을 날리는 나에게 백화점은 더 없이 나긋나긋해
진다

유행은 친절하게도 자주 바뀌어
계절마다 우편번호를 달리해서 찾아오는데
일시불에 헐어버린 통장으로
나는 오늘도 백화점에 간다

무허가인 줄도 모른 채 무허가를 늘리느라 탕진해버린
시간들

3부

베란다 꽃밭

내가 봉숭아처럼 여린 발목일 때
아침저녁으로 바라보던 꽃밭이 있었네

채송화 백일홍의 자잘한 혀들
보낸 적도 없는데 떠나버린 꽃밭을
고층 아파트의 베란다에 차렸네

쪼그려 앉으면
젊은 엄마와 어린 내가 걸어나와
지금도 내 가슴을 붉게 물들이는

한 뼘의 먹먹한 자서自序였네

불면

나는 오늘 밤도 상트페테르부르크로 간다
그곳에서
태양에 굶주린 부족들과 에르미타주 동굴 잔디정원에 드러눕는다
온 세상 모든 밤에다 불을 켜고
먼 길을 데리고 온 생生의 연민을 바짝 말린다
이곳은 백야의 도시
불면이 합법화되어 누구도 잠들 수 없는,
몇 며칠 뜬눈으로 보낸 도스토예프스키와
술병을 마저 비우는 동안
툰드라의 얼음장은 조금 더 두꺼워졌다
우리를 떠나간 양은 좀처럼 돌아오지 않아
지팡이로 얼음장을 콕콕 찧으며 양의 이름을 부르는데
북두칠성이
국자 모양의 긴 팔을 늘어뜨려
자꾸만 내 잠의 양수를 퍼올린다

버드나무의 유적

강은 수많은 시계가 풀어놓은 태엽이다

흰뺨검둥오리가 출렁거리는 강물을 물고 노을을 수놓는다
어린 물풀들이 강의 젖줄에 매달려 물고기를 키우는 동안
나는 강물에 올라타 모래알이 째깍거리는 버드나무가 된다

버드나무는 이별의 유적이다

강물에 긴 발목을 빠뜨리고 물살의 지느러미가 된 당신
내게 독한 이별을 남기고 떠난 외눈박이 물고기였다
세상의 물안개가 바깥까지 적신 당신의 신전에
우리들의 연애를 바치고
나는 위태로운 강물 소리에 한동안 난청을 앓았다

차가운 날개는 이별을 흘려보내는 강일까

강물이 태엽을 감아올리면 죽은 애인이 따라나온다
익사한 이별의 안쪽에 강물의 궁리는 깊어지고
나는 물이 흐르는 쪽으로 지극한 내 귀를 옮긴다

버드나무 끝 초침이 석양을 찌르며 온다

서랍

서랍을 열면 오동꽃 냄새
연보랏빛 그늘이 나를 당기네
오월
엄마는 비련의 주인공

영문도 모른 채 오동나무 근처에서 자생하던 나는
속전속결로 슬픔을 레슨 받네
거문고 소리가 나는 내 몸에서
찰랑찰랑 유년이 지나가네

종다리 좁은 부리로 허공을 쪼아도
자꾸만 남아도는 봄날의 오후
덜거덕거리던 유년의 시간을 열고
나는 마트료시카 인형놀이를 하네

외할머니를열면엄마가나오고엄마를열면내가나오는데
나는더이상열리지가않아

감쪽같이 닫아도 자꾸만 비집고 나오는
연보랏빛 엄마

새벽을 열고 저녁을 닫을 때까지
책을 열어 마지막 페이지를 닫을 때까지
꽃잎을 열어 꽃 피는 환호가 닫힐 때까지

열고닫히는서랍의생각이종다리가되고마트료시카가되고연보라가되는거지

나는 오늘 아침
문득 서랍을 열다가
오동꽃의 기억으로 오래오래 접혀 있었네

농담의 온도

농담은
물을 머금으면 장대비가 되고 해를 머금으면 양떼구름이 된다
양떼구름 아래서는 천 년을 피어나는 해바라기가 되지만 장대비 내리는 하늘 아래서는 입술을 떠난 말들이 다시 돌아오지 않는다
농담은 듣는 사람의 공기층을 두껍게 한다

불완전한 대기는 예측이 어렵다

나는 지금 벼랑이다 벼랑은 뾰족한 부분이 대부분이라 떨어지면 치명상이다
가깝다는 건 가슴부터 재는 거리, 가슴의 자리가 다른 사람들끼리 앓는 구름대가 지표면을 달군다 불 붙은 꼬리처럼 금방 터지는 비명이 낯빛을 바꿀 때
농담은 지반이 약한 쪽이 먼저 무너진다

나와 당신 사이 봉우리가 많아 자주 게릴라성 폭우를 만든다
찬 공기와 더운 공기가 흐르고 나면

무거워진 대기는 불안전한 예보 쪽으로 몸을 바꾼다

온도 차에 부딪히는 공기들이
헛짚은 허공의 손으로 떨어지는 비를 받아낸다
손우물이 깊지 못해 산사태가 밀려올 것 같은
농담은 관계를 들어올리는 나만의 환청인가

텃밭 이야기

식탁만 한 텃밭이다
하루가 다르게 부푼 텃밭은 자주 삼겹살 먹는 저녁을 마련했다
상추를 푸짐하게 먹은 날은 찰진 잠이 왔고
때때로 술이 덜 깬 남편을 텃밭에다 불러 앉히면
다시 싱싱해져 출근하기도 했다
고추 모종 두어 그루는
이파리 뒷면에다 촘촘하게 진드기를 키우느라
일상이 오그라들었고
무당벌레 몇 마리가 그걸 부지런히 펴고 있다
딱새가 하늘을 쪼며 날아가자
케일 이파리에 숭숭숭 구멍이 났고
그 구멍을 파먹고 통통하게 살이 오른 애벌레처럼
나도 올 여름엔 푸른 피가 돌 것 같다
어느덧 정오를 훌쩍 지나 서쪽으로 기울어가는 태양이
사는 게 뭐 별거 있냐며
삼겹에다 소주 한잔하고는 저녁노을처럼 함께 붉어가자 한다

노루 발자국

먼 길을 기워낸 재봉틀과 내가
먼지 앉은 노루발을 스스로 털어낼 수 없을 때
우리가 해 입을 수 있는 건 한 벌의 적막이다

툭하면 풀리던 실밥 같은 젊은 날들을
밑실과 윗실이 어금니처럼 꽉 물고
드르륵 한 끼니를 박았다
아이들의 교복도 공납금도 촘촘하게 박아냈다

이제는 바늘귀도 내 귀도 침침해지는 시간
다리를 잃어버린 재봉틀은 창고 안에서
무릎이 꺾인 나는 6인 병실에서
어둠을 나누어 입은 채 저물고 있다

군데군데 터지고 있는 생의 솔기를
수선마저 할 수 없을 때
시접 밖으로 밀려난 세상이 나를 부른다

땅의 눈

주방 창 너머에 한 편의 땅
개구리 대가족의 울음을 펴나르는 저녁이 있어
도시의 아파트는 적막하지 않았다

어느 날 난데없는 포클레인 한 마리
새벽잠에 쳐들어와 땅의 눈을 후벼파고 있다
여린 발목들을 세워 어디로 갔을까

겹겹의 아파트가 초록의 눈을 모르는 척할 때
아마존에서 쫓겨난 인디언처럼
개구리들의 눈빛은 또 얼마나 황망했을까

땅의 눈동자를 틀어막고
전봇대만 한 구조물을 탕탕 내리칠 때
내 몸으로 흘러왔던 개구리 울음소리
와글와글 떠내려가고 있다

음모 혹은 음모

온몸에 털이 덮이는 원숭이가 될지도 몰라
우연히 들여다본 열세 살은 너무도 은밀해서
어디에도 발설할 수 없었지

서울에서 첫 부임한 처녀 선생님의 말에는 박하 향이 나
남몰래 자라던 음모는 음모로 번져갔지

분필통에개구리넣기
서울말따라하기
수학시간잠자기

선생님의 스커트가 짧아질 때마다
우리들의 코밑은 거뭇거뭇해져 갔어

교실에 떠도는 음모는 이유 없이 오만해지다가 불온해지다가
주먹이 성냥 대가리처럼 붉어지면
어디든 확 불을 질러버리고 싶었어

추억놀이에는 여전히 박하 향이 살고 있어
언제 꺼내도 모가지가 늘어난 꽃무늬 양말처럼 아련해지지
교무실 앞 백일홍이 지금까지 따라와 해마다 붉어지는 이유

호명

병원의 아래층을 열람하면 장례식장이 나온다

실타래처럼 뭉쳐 다니는 사람들
불안한 안부가 무릎 사이에서 웅웅거린다
스마트폰을 들여다보며 순서를 기다리는 사람들
야위고 야윈 이력이 표정마다 가득하다

처방전을 들고 풀밭을 건너갈 때
옆구리를 파먹다가 들켜버린 나는 급성의 대기자가 된다
당신을 부르는 창밖의 튤립
구름도 무거워 봄비로 건너온 걸까

아래층으로 몰려가는 한 무리의 울음이
먼저 간 자의 소리를 대신할 때
아픈 자의 목록이 지워지는 순간이다

한 발 내디디면 아래층에 가까운 노모가
휠체어에 앉아 깜빡깜빡 졸고 있다
헛꽃인 줄도 모른 채 헛꽃을 기르는 우리는
저 구부정한 고요를 볼 줄 모른다.

언제 올지 모르는 호명 앞에
시치미를 뗀 사람들
일층과 지하 일층 사이 저승과 이승 사이를
와글와글 지나가고 있다

뒤란

내가 돌보지 못한 등허리 어디쯤에 감나무 깊은 그늘 남았는가

뒷산 시누대 수런거리는 바람소리 뒤란으로 몰려들 때
엄마의 얼룩진 서답이 귀퉁이를 물고 비츨비츨 말라가던 곳

밥상이 마당으로 날아가는 날은
여섯 살의 내가 엄마를 업고 장독을 닦았다
영문도 모르는 항아리들 하루 종일 반짝이고
장독대 옆 어린 봉숭아는 발목만 붉어갔다

만지면 물컹해지는 내 몸의 내륙 같은 아득한 유년
굽은 등에 감꽃이 뛰어내려도 환해지지 않던 이야기들이
가끔
이곳 고층 아파트까지 찾아와 내 슬픔을 두드리고 간다

V
— 검은가슴물떼새

V자 편대로 떠나가는 자음들 쓸쓸히 북쪽 하늘을 두드리면
날아가는 새의 이름을 붙여준 울음소리가 들린다

나는 그림자를 기르는 텃새였다
불규칙한 소리와 냄새가 뒤엉킨 신혼의 아침은 어수선하다

가방보다 작았던 딸아이
영문도 모른 채 엄마의 손을 잡고 떠나던 머나먼 공중
부축할 수 없는 겨드랑이를 바라보는 내 눈이 짓물렀다
겨울이 와도 위도를 바꿀 수 없는 나는
검은가슴물떼새

라면 발처럼 쉽게 불어나는 외로움을 달래가며
끊임없이 먹이를 날랐던 지난 십 년
골짜기를 퍼나르는 식은 체온이 시차를 메우지 못해
떠나간 철새는 같은 행로로 돌아오지 않았다

결국 혼자 뒤적이는 불빛
흔들리는 검은가슴물떼새는 그림자를 벗는다
아무리 추위를 구워도 풀리지 않는 날개의 기울기 같은
슬픔의 VICTORY를 완성했다

4월을 출력하지 마라

싱싱한 바다, 해안선을 당겨오다 출렁하면
우리 집 거실까지 흘러넘친다

비명은 급성으로 오는가

미친 파도가 맨 종아리의 봄을 들이받자
어처구니없는 별들이 밤마다 내려와
항구의 어둠을 읽고 간다

누가 버튼을 눌렀는지 해마다 사월이 끝없이 출력된다

제습기

우기雨期다

하루를 마치고 걸어둔 옷 사이에

눅눅한 감정들이 쏟아진다

처녀 엄마의 퉁퉁 불은 아침에

수군대는 눈빛이 달라붙어

사방에 뿌려지는 습한 목소리까지 빨아들여야 한다

옆구리에 생겨나는 비의 씨앗들

환한 표정을 내다걸어도 찰랑찰랑 소문이 차오른다

눈물에도 누진세가 적용될까?

선풍기 날개 밑으로 들어간 초보 엄마의 살 냄새가

좁은 거실을 채우는 밤

일토금목수화월

지칠 수 없는 요일들만 빽빽하다

내 몸에 딱 맞는 슬픔의 울림통이 나를 키워가는

할머니의 하트

시골 정류장에 내리자
뜨거운 입김이 훅 달라붙는다
수박을 앞에 놓고
부채질만 분주한 할머니
소매 말아올린 팔뚝에 하트 문신이 선명하다
하트 문신을 잽싸게 건너간 화살표
저 화살표에 이끌려 할머니 소싯적 한살림을 차렸던가
마른 꽃잎 같은 세상
면티처럼 쉽게 늘어나버린 날들을
버스 정류장 모퉁이에다 내놓고
식은 사랑에도 하트는 선명해
할머니 주름마저 환하다

오래 전
내 가슴에도 찾아왔던 하트 하나
지금 어디쯤에서 살고 있는지

4부

콩돌

수평선 아래 뒤꿈치를 들고 사는 여자
출렁거리는 사내를 만나
백령도에 들어왔다

산골에서 자란 그녀가 파도의 뿌리를 캐낼 때까지
멀미 같은 입덧을 달고
날마다 파도 소리에 옆구리가 패어갔다

그 남자 먼바다로 떠나 바다가 되어 돌아오지 않을 때
절벽이 된 어미를
어린 남매가 붙잡고 있었다

땡볕에 깊어진 여자가 콩돌로 반짝이는 백령도에
사나운 파도를 잠재운 이야기가
여전히 출렁거리며 산다

고서古書

빈방에 책 한 권이 툭 떨어졌다
두꺼운 책은 함부로 열 수가 없다

낡은 방에 고백이 얹힐 때
수암동 산 235번지가 통째로 밀려나온다
볕 좋은 창가에 한 편의 당신이 돌아오는 중이다
책장을 넘길 때마다 아버지를 목격한 듯
수백 개의 기척을 소리로 물어온다
무너지지 않는 자세가 멈춘 시계를 가리키고 있다

고서古書에는
사내를 낳지 못한 엄마가 나오고
서서 오줌 누면 뿔이 생길 줄 알았던 어린 내가 나오고
일찍 객지로 나간 큰언니의 뾰족구두가 나온다

나를 빠져나간 날들이 시간을 헐어 읽히고 있는데

지금은 엄마에게도 엄마가 필요한 시간
꼼짝없이 등 돌리고 누운 저 몸
찢어진 숨소리 데리고 어느 페이지를 넘고 있는지

연어, 포장마차로 회귀하다

그가 행복하냐고 물었다
뜨거운 그 무엇이 전류처럼 확 달아오르고 있을 때

찬바람이 불면
레나강을 돌아나온 해류를 따라
아시아에서 북극해로 헤엄쳐가는
머나먼 여정

등지느러미에 물비늘 같은 꿈을 키워가며
어머니의 어머니가 일러준
모천회귀를 사는 것

어미의 강 어느 기슭에서
산고의 아픔으로 죽어가는 것보다
골목길 포장마차에다 바다를 훌쩍 옮겨와
찬 소주잔 기울이는 막막한 목구멍에
한 점 따뜻한 위안이 되는 거라

물비늘 추억이 산란하던 부근을
탁탁 튀어오르기도 하면서

크리스마스 반딧불이

시를 수놓는 남자가 혼자 산골에서 깜빡거려요
때때로 말문이 막히는 그곳은
6월이면 말 대신 반딧불 트리가 자라나죠
밤마다 트리를 켜놓고 우두커니 서 있다가
어둠을 먼 숲으로 흘려보내고는
젖은 제 꽁무니를 털어 타박타박 잠이 드는 남자
매일 밤 이브의 문자를 보내와요
나는 푸른 잎사귀가 쌓인 38번 국도를 따라
애인을 켜러 가요
굳어버린 입술을 열고 들어가면
잠긴 말들이 풀려나와
가만히 내 무릎을 엿들어요
무릎에 쌓인 크리스마스가 어둠 쪽으로 몸을 기울이면
밤하늘에도 숲에도 트리가 켜져요
개구리 소리 내 어깨를 감싸안는 밤
우리는 손잡고 먼 숲으로 떠나요
나는 당신의 붉은 알을 낳고
당신은 내 꽁무니 아래서 깜빡깜빡 시를 수놓고

셔틀콕

겨울에 받은 서브권으로 봄의 네트를 넘기면
담장 안에서 담장 밖으로 하얀 깃털이 자라난다
목련의 중계방송에
관중이 몰려든다

경기는 계속되고 심판은 떠날 수 없다
셔틀콕 목련 경기가 비바람에 젖어도
목련은
봄날을 켜는 눈부신 스윙이다

불안

불안은 넝쿨식물이다 칡이 내지르듯 기어가다가 아무 나무나 잡아타고 올라가 뒤덮어버리는 것도 불안을 견디지 못하는 습성 때문이다 나무는 혼자 울지만 칡은 함께 흔들리고 함께 꽃 피운다 약한 것들은 연대가 힘이다

어둡사리가 끼면 본능적으로 불안을 감지한 새들은 나뭇가지를 들락거린다 하룻밤 세 들어 사는 나무에게 불안을 넝쿨째 걸어놓고 편안한 잠을 얻고 싶은 것이다 파닥거릴수록 발목이 빠지는 불안은 소리가 날카롭다

어머니는 주삿바늘을 품고 발끝까지 찌릿한 통증 사이에서 쪽잠에 들었다 아침부터 까마귀 심하게 울어대자 마당에 서 있는 아버지는 세차게 흔들렸고 나는 코로나가 심하다는 뉴스를 핑계로 마스크를 깊이 썼다

불안은 몰려다니며 전염시키는 유전자를 가졌다 칡넝쿨을 보면 알 수 있다 나무는 뿌리로 견디지만 뿌리를 가지지 못한 불안은 작은 바람에도 이파리를 바르르 떤다 내 마스크 안에는 아주 오래된 불안이 숨어 살고 있다

완창

육개장을 든든히 먹은 아침이다

마지막 화장을 마친 엄마가 환하다

오늘은 완창이 있는 날

막이 오르면 화장기 없는 울음만이 둥둥 떠다니는

이곳은

활활 타오르는 엄마가 배경이다

울음으로 살이 오르는 화장장

발끝에서 머리끝까지 홍건해진 엄마가

늙은 딸들의 완창을 물끄러미 바라보고 있다

푸르게 푸르게

생선가시 같은 유월이 내걸린다

이명耳鳴

이명은 빵 속에 빵이 사라진 난처함이다
뿌리는 어디에 걸어두었는지 나비가 걸어와
꽃가루 잔뜩 묻은 발목을 내 귀에 털어넣는다

내 것이 아닌데 내 것으로 들려오는 바닷가
소라껍데기 안에는 파도 소리만 있고 내 귀 안에는 나비 소리만 있다
공갈빵 같은 저녁
바다와 나비는 소리만 벗어두고 어디로 간 걸까

맹렬하게 내가 걸어놓은 주술이 볼륨을 높이며 온다
나비 소리 하나가 나를 먹어치우는 밤
고요도 넘치면 소란이 되는가
길고양이가 핥아놓은 새벽 두 시의 긴 꼬리를 잡고
나는 꽃잎처럼 다물어지지 않는 소리를 펴내는 중이다

당신에게 딴 여자가 생겼다는 소문이 턱밑까지 쫓아온 날
전화기는 당신을 찾아내지 못하고
나비 한 마리 날아와 내 귓속에 깊은 동굴을 팠던 것인데

충혈된 내 귓속의 소리를 먹고 자라나는 나비는
파지만 수북이 만들었다
어깨를 짚고 건너오는 풍문이 날로 살찌는 시간

공갈젖꼭지

겨드랑이가 가려워
집 나간 엄마는 꿈에도 날 찾지 않아
왜 잠은 시도 때도 없이 나를 쓰러뜨리는지
여러 개의 입을 가진 저녁이 몰려와 나를 불러세우네
어둠의 층계가 빨아올린 담배 맛은
나를 훨씬 어른스럽게 만들지
교복은 충분한 감옥이야
연기 안에 동그랗게 나를 밀어넣으면
엄마는 어린 애들이나 찾는 깡통 같은 거
납작하게 접어버리면 엄마는 숨막히지
숨 막힌 엄마가 껄껄 나는 좋아
무서워서 열고 자던 방문은 입을 닫아걸었지
아빠는 간간이 뒤통수만 발견되었고
나는 이제 더 이상 칭얼거리는 아이가 아니야
사내가 되고 있는 중이거든
손만 뻗으면 당겨오는 술병들
이것만으로도 아빠의 잔소리는 씹깔 수 있어
겨드랑이 사이로 날개가 돋아나자
비행기 한번 타본 적 없는 나를 사람들은 비행청소년이라고 부르네

바람이 끊어지는 그곳에서
슬픔을 수음하는 어른이 될래
공갈젖꼭지에 속은 입술이 나를 위로하는 밤이야

시팔
아무리 먹어도 허기가 도지는 건 도대체 왜 그런 거야

이별은 딱딱하다

"이곳에는 눈이 내렸어
거긴 어때?
잘 지내? 벚꽃은 피었어?"
"응 피고 있어
당신 벚꽃 좋아하잖아 내가 꽉 잡가놓고 기다리고 있을게"

봄은 오는데 당신 가슴은 여전한지

송곳 같던 바람의 날이 둥글어지자
연둣빛 말이 여기저기서 뛰어들었다
두고 온 집과 떠도는 집 사이
이국의 푸른 눈빛이 되어 키릴 문자로 여섯 시간의 공복을 전송했다

나는 전화기 너머로 건너온 그의 말에 밑줄을 긋고
밑줄 아래서 놀았다
벚꽃과 눈의 거리는 계절의 간격이다
내 안에 꽃 터지는 소리
살 속을 파고드는 찬바람 속에서도

봄은 폭발이었다

상트페테르부르크에서는 어둠도 잠도 쉬이 오지 않아 곱은 손으로 아침을 맞이해야 한다

그 남자의 기슭은 봄의 안부로 차올라
꽃을 참은 봄이 팽팽하다
그가 여행 떠나버린 날 위해 꼭꼭 잠가두었기 때문이다

구름부동산

남아도는 구름에 번지가 있어도
누구나 주소를 얻는 것은 아니다
나는 구름을 파는 사람
높이 올라갈수록 빗방울의 사후는 묻지 않는다

도장 찍는 사람 뒤에 또 도장 찍는 사람들
수많은 걸음이 불장이다
한두 번의 프리미엄에도 허기는 채울 수 없어
뜨거울수록 잘 팔리는 구름부동산

사재기하기에는 너무 높은 산봉우리들
적란운이 소나기를 만들어도
Go를 외치다가 멸족한 가문이 있어도
서로는 서로에게 폭탄인지도 모른 채 던지고 있다

변종한 양떼구름이 몰려다니는 아침
불규칙한 대기가 키워낸 거품을 지키느라
밤새 눈에 불을 켠 구름부동산
높은 기압골의 더미들은 거친 예보에도 끄떡없다

소풍

해마다 6월이면 찾아가는 고향 뒷산
엄마 죽어 마련한 딸들의 소풍이다

번지를 갈아입고 산으로 떠난 대가족들
어머니 시집살이 여전히 분주한지
뻐꾸기 소리 앞세운 소풍길이 붉다

사라진 것들은 왜 한 번도 돌아오지 않는가
허공에 징검돌 건너는
저세상 나이

귀 좀 빌려주세요

사랑은 속삭이는 동사로 읽는다

당신의 귀가 나를 향해서 열리던
모음의 날들은
이제 돌아오지 않나요?
내 귀는 시들어 떨어지기 직전이에요

선글라스, 마스크, 이어폰, 귀걸이
귀에서만 서식하는 저 기표들은
눈만 남은 내 체온을 끌어올리는데
사랑이 어떻게 비대면될 수 있나요

입을 막았을 뿐인데 귀까지 멀어진 나는
시들다 끝내는 떨어져버릴 귀를 가진 나는
선글라스를 들고 마스크를 들고 이어폰을 드느라
당신을 불러 세울 수가 없어요

속삭이는 동사가 사전 속으로 들어가 명사로 변이되자
내 얼굴의 반도 사라지고
누군가 떨어진 내 귀를 들고 사라졌어요

눈만 남은 세상이 온통 휘둥그레져요

당신은 당신에게 나는 나에게
자가격리된 몇 개월이 납작한 채 흘러가요
누가 나를 꺼내 활짝 펴주세요

13월의 달력

더는 갈 데가 없는 13월의 달력은 냉골이다
일마저 끊긴 겨울에는 말이 입안으로 말려들어가
목소리까지 증발해버린다
나는 수취인불명

식은 텔레비전은 혼자 놀고
전화기는 손에서 멀어진 지 오래다
인기척이 졸아든 집에 행주는 비틀린 채 말라가고
달력의 표정은 똑같다

오래 전에 탕진해버린 젊은 날
파산한 추억은 검은 비닐봉지 안에서 납작하고
흔들리며 가는 독거는 갈아입을 감정이 없다
어떤 부호도 와서 같이 살지 않은 탓이다

누구에게도 번지지 못하고 봉지처럼 캄캄해지느라
희망의 패를 놓친 사적인 백산빌라는
한 켤레의 어둠을 신고
끈질기게 나를 찾아오는 것인데

실금이 자라나는 안락의자

안락의자가 있다
그곳에서 구름을 구워내기도 하고
떠도는 서식지를 들키기도 한다
안락의 의자의 진술은 기다려주는 것
누군가 잔뜩 모가지에 힘을 주고
안락의자의 어깨를 툭 치고 지나가도
변두리만 흔들리는 것
고요의 중심은 빽빽해 쉽게 도지지 않는다
당신은 5인용 안락의자
다섯 마리의 새가 그림자를 물고 날아간다
그루터기가 되어버린 여자
안락의 의자를 부축하는 내 오른팔이
아흔아홉 개의 슬픔을 다 써버렸다
기우뚱해진 안락의자는
마당 귀퉁이를 오랫동안 차지하고 있던 가죽나무와
눈을 맞춘다
저도 한 쪽 가지만 살아 있다
몸에 빚진 시간들을 나누어 가진 탓이다

나무의 쇄골에 바람이 인다

'간극'과 '사이'를 자극하는 식물성 불안

김정수/ 시인

임경남 시인의 첫 시집 『기압골의 서쪽은 맑거나 맛있거나』는 '나'를 찾아 떠난 여행에서 발견한 "눈부신 경經"(「미술관 좌상들」)이다. 사는 집을 떠나 객지로 가는 것이 여행의 본질이지만, '나'를 찾아 떠나는 여행은 나에게서 출발해 타자의 세계에 머물다 다시 '나'로 돌아오는 순환의 과정이다. '나' 아닌 타자의 시각과 시간으로 나를 바라보아야 진정한 내가 보인다는 것은 경험의 차원을 넘어 인식의 가치라 할 수 있다. '나'에서 '나'로 돌아오는 여행도 가능하지만, 오랜 고행의 과정과 비움, 무상의 경지를 요구한다는 점에서 이는 수행에 가깝다. 하여 내가 나를 바라보는 행위는 단순히 거울을 보고 깨닫는 반성이나 성찰 너머 내면의 나와 태생의 근원적 인식, 변화를 전제로 한 적극적인 행동을 아우른다. '나'의 변화는 나 한 사람의 변화에 그치는 것이 아니라 나를 둘러싼 환경에 선한 에너지를 주입해 변화의 수원水原 역할을 한다. '나'에서 '나'로 돌아오는 과정은 일견 단순한 것 같지만, 보고 듣고 생각하는 내적 깊이와 넓이,

식견에 좌우된다.

여행은 내 가치관뿐 아니라 내 주변 환경과 세계를 보는 관점을 이동시켜준다. 넓어진 시야를 바탕으로 주체적·객관적 사고로의 전환과 확장으로 주관에서 객관으로, 자아에서 타자로, 관념에서 실행으로 관점이 변화하는 것이다. 시인은 "시인 임경남은 명사이고/ 시를 좋아하는 임경남은 동사"(「시인의 말」)라고 했는데, 명사는 늘 그 자리에 존재하지만, 동사는 한자리에 머물지 않고 움직인다. 명사가 식물이라면 동사는 동물인 셈이다. 명사는 한번 자리를 잡으면 그 바운더리에서 벗어날 수 없다. 고정되어 점차 낡아간다. 반면 동사는 공간에 구애받지 않고 자유롭게 이동하면서 새로운 세상을 경험한다. 집에 있을 때는 명사지만 외출하는 순간 임경남은 동사로 전환된다. 움직인다는 것은 다른 각도에서 나를 볼 뿐만 아니라 다른 '나'와 더 넓은 다른 세계를 직관한다는 것이다.

시인 임경남은 주체성을, 시를 쓰는 임경남은 행위의 주체를 의미한다. 명사를 통한 동사의 운행이면서 동사를 통한 명사의 지위가 획정되고 확장된다. 그런 점에서 이 둘은 배타적이기보다 상호보완적이다. 오규원 시인은 『현대시작법』에서 "시를 쓴다는 일은 물론 창조적인 행위에 속하지만, 더 근본적으로 자기가 본 것, 느낀 것, 생각한 것 등을 언어로 현실화하는 행위"라고 했다. 이런 것들을 언어로 표현된 작품으로 남겨놓지 않으면 의식 속에 잔존하거나 소멸하고 만다고 했다. 임경남 시인은 삶을 회상하고 재구성

함으로써 의식 속에 남아 있던 명사를 동사로 전환시켜 개성적이고도 진정성 있는 서정의 세계를 구축하고 있다. 사물에 대한 관찰을 자신의 삶으로 적극 수용하는 방법의 하나로 시적 대상과 시적 화자 '나'를 효과적으로 활용하고 있다. 시인은 시적 대상을 일정 거리에 두지 않고 안으로 끌어들여 파편화된 경험과 가족사를 '유물'에서 "한 뼘의 먹먹한 자서自序"(「베란다 꽃밭」)로 재탄생시킨다. 시적 화자의 발화는 시에 농밀함과 긴장감을 높여 존재론적 인식의 세계를 넓히는 작용을 한다.

당연히 시 속의 화자 '나'와 시인 '나'는 구별된다. 시적 화자는 시인에 의해 선택된 '나'로 시인 '나'를 대변하는 동시에 나 자신을 시적 대상으로 삼을 수 있다. 즉 시인은 시적 화자의 언행과 시적 대상을 통해 궁극적으로 말하고자 하는 것을 드러낸다. 시인은 사물을 관찰하고, 생각하고, 상상하고 사유하는 과정에서 "슬픔이 시로 변이"하는 소중한 경험을 통해 "세상을 보는 눈이 더 없이 지극"(「시인의 말」)해졌다. 지극한 서정의 세계로 들어가보자.

옥상은
마당이 그리운 나의 쪽문이다
햇살 하나로 상추 모종을 심으면
풍성한 식탁의 꿈이 미리 차려진다
수돗물로 자라나는 옥상밭이 불안하다
물러진 상춧잎을 하나씩 떼어내고
돌아와 다시 싱싱해질 가족을 기다린다.

바람도 햇살도 적당한 간격이 좋다

잎과 잎 사이 사람과 사람 사이
너무 가까우면 짓무르는
물렁뼈의 잎사귀들

—「간격」 전문

임경남의 시에서 '간격'과 '사이'는 나와 가족, 나와 세상을 지탱시켜주는 거리이면서 '나'만의 세계를 유지하고 변화시킬 수 있는 최후의 방어선이다. 시 「간격」에서 옥상은 "마당이 그리운" 나만의 비밀 공간인 동시에 나와 세상을 연결하는 비밀 통로 역할을 하고 있다. 시적 화자는 옥상에서 수돗물로 상추를 기르지만 언제 파괴될지 몰라 불안하다. 조금만 파고 들어가도 뿌리가 드러나는, 가짜라는 게 금방 탄로나는 가공의 세계다. 흙은 흙이지만 원래의 자리에서 조금 옮겨온, 지상과 단절된 부유의 세상이고, 물도 계곡에 흐르는 천연의 물이 아니라 정제된 수돗물이다.

일견 행복해보이는 '옥상밭'은 온도가 높거나 며칠 물을 주지 않으면, 즉 조금만 관리를 소홀히 해도 금방 스러질 것처럼 불안한 세상이다. 이는 가족 관계도 마찬가지다. "물러진 상춧잎을 하나씩 떼어내" 정성껏 식탁을 차리지만, 가족은 상춧잎처럼 언제든 물러질 수 있는 불안을 잉태하고 있다. "당신의 신전"(이하 「버드나무의 유적」)에서 "이별의 유적"으로 전락하는 건 순식간이다. 시적 화자가 쪽문을 열고 옥상에 들어서는 순간 "사람과 사람 사이"의 간격과 멈춤이 작용한다. 순간의 멈춤은 옥상의 상황을 파악할 수 있는 소중한 시간이면서 내가 처한 조건에 어떻게 반응할 것인지에 대한 선택의 시간이다. 그 선택에 의해 목적을 상실한 채 좌절할 것인지, 참고 이를 극복해 나만의 세상을 이어갈 것이지가 결정된다.

전자라면 옥상의 자극에 빈손으로 쪽문을 나서 행복은 유예되겠지만 불안의 계단을 서성거릴 것이다. 만약 후자라면 "물러진 상춧잎"을 손질해 가족의 식탁에 싱싱함을 불어넣고, 공간의 깨달음과 "내 안에 물비늘 같은 시어"(「시인의 말」)를 길어다가 한 편의 시를 쓸 것이다. 시인의 선택은 자명하다. 시인은 여행을 떠나지만, 여간해선 경계를 넘으려 하지 않는다. '나'를 찾는 여행은 일탈과 같은 파격이 아니라 새로운 세계를 접하는 것, 즉 새로운 공간으로의 떠남이나 책으로의 탐닉, 시작詩作으로의 몰입 같은 것이다. 순간순간의 자극은 선택을 강요하지만, 그 선택은 항상 정서적 공간과의 간격을 유지하는 시의 특징을 보인다.

> 같이 산책을 하던 옆집 아줌마
> "순진하기는 그거 전기로 개구리 소리 켜놓은 거잖아"
>
> 미처 채우지 못한 괄약근이 확 풀어져버렸다
> 연못은 오랫동안 순진한 내 귀에다가 개구리 소리를 베껴서 털어넣었던 것이다
>
> —「모창」 부분

까똑, 떠도는 유목을 깨우는 소리
언제 돌아올 거냐는 딸아이의 문자에
나는 가족을 발굴하러 다시 차를 몰았다

—「선사시대로 진입하다」 부분

세한도를 빠져나온 소나무 한 그루
찻집 쪽으로 그림자를 기울이면
나는 잘 익은 그늘을 열고 천 년의 도록 속으로 들어간다

어느 시대의 유물인가
그때
접어둔 나비 한 마리 셀카 속으로 날아드는데

—「미술관 좌상들」 부분

자연을 지향하는 시인의 순수성은 도시인의 순진함으로 표출된다. 옥상에 마련한 텃밭이나 진짜처럼 들리는 개구리 울음소리, 세한도의 소나무와 도록 속의 세한도(소나무), "털북숭이 원시인이 손도끼로 간판을 내리치"(「선사시대로 진입하다」)는 선사유적공원, 공갈젖꼭지 등은 순수 자연의 모습을 한 위장의 세계일 뿐이다. 인위가 더해지면 자연은 더 이상 자연의 지위에 머물지 않고 변형되거나 왜곡된다. 아리스토텔레스의 말처럼 "그 자체 안에 운동변화의 원리"를 상실하고 만다. 스스로 그러하지 못한 채 작동을 멈추고 소멸하는 것이다. 시인이 만든 '화분'이나 '옥상밭'과

같은 작은 자연은 자연에 대한 대리만족을 줄 수 있지만, 인간의 손길이 머물러야만 유지할 수 있는 나약한 세상이다. 궁극적으로 자연에 들어 자연을 대하는 것과는 천양지차다.

'나'를 찾는 여행에 대한 갈증 또한 선사유적공원이나 미술관 순례로 채워질 단순한 욕구가 아니다. 진짜라고 믿었던 개구리 소리와 "너와의 약속을 유리병에 담는"(「첫봄」) 것과 같은 인위나 프랑스 남부 도시 니스 여행(「니스를 나이스로 읽다」) 같은 새로운 공간의 경험에도 "세상의 속수무책"(「서귀포에서 —솔릭」)에서 온전히 벗어날 수는 없다. 내면에 잠재되어 있던 유목의 본능을 깨워 떠난 여행이지만 현실을 잊을 만하면 "까똑" 울린다. "까똑"은 가족과 '나'를 벗어나 진정한 '나'에 머물던 '나'를 다시 현실세계로 돌아오게 만드는 주문과 다름없다. 문자가 울리는 순간 "나는 가족을 발굴하러" 집으로 향한다. 떠나도 떠난 것이 아닌 상황이라는 건 그 상태를 벗어날 수 없거나 그 상황이 나쁘지 않다는 것이다. 하여 기꺼이 집에 두고 온 '나'와 가족 곁으로 돌아갈 수 있는 것이다.

나는 맑거나 맛있거나

구름의 동쪽은 흐리거나 비가 온다
편서풍을 타고 온 너는
기압골을 빠져나와 두근거리는 내 귀에 닿는다

일주일의 꼭짓점은 금요일

저녁 내내 불온해지고 싶은 고기압의 날
네이비색 스커트 자락이 팔랑 뛰어오른다
창밖은 쨍쨍한 추위
오목한 너의 품으로 자진해버릴 것 같은 오늘의 예보
감정의 등압선이 너를 향해 부풀고
나비가 오는 토요일은 오지 않아도 좋아

기압골의 서쪽은 맑거나 맛있거나

—「금요일의 일기예보」 전문

사막을 건너왔어요 모래바람을 타고
내가 하는 말은 하도 서걱거려
다른 사람들은 알아들을 수가 없었어요
일 년에 한두 번 온다는 비를 기다린 적도 있지만
뿌리를 내리는 대신 떠도는 법을 익혔지요
한 번도 젖을 물린 적 없는 내 몸은 종이꽃
헛물관을 타고나는 바람에
푸른 잎맥만 무성했어요
건조증이 심한 날은 온몸이 가려워
밤새도록 비듬을 긁어모아 일기를 쓰기도 했는데
문장마다 잔물결이 일어 쉬이 읽어낼 수가 없었어요
여전히 달[月]마다 꽃잎 청구서는 날아들고요
내 몸은 바람을 찢고 온 건기에 시달렸어요

사막에서도 꽃이 피네요
외로움도 간이 배어 세상의 안부 쪽으로 귀를 기울이면
저만치
잘 다듬은 눈물이 반짝반짝 보석처럼 빛나던 걸요

—「종이꽃」 전문

임경남 시의 특징 중 하나는 시적 대상의 '시적 화자화'라 할 수 있다. 시적 대상을 피상적이거나 관념적으로 보지 않고 객관적으로 파악하고, 심리적 거리를 시적 화자를 통해 농밀하게 보여준다. 이러한 시작법은 시적 "대상에 대한 인식 주체의 감각의 깊이와 넓이 그리고 그것을 드러내는 언어 표현 행위의 적절성과 깊은 관계"(오규원 『현대시작법』)를 가지고 있다는 점에서 주목된다.

표제작 「금요일의 일기예보」의 시적 화자는 '나'이고, 시적 대상은 금요일이지만 이 둘은 분리되지 않는다. 월요일부터 시작된 노동은 목요일에 절정을 이루고 금요일 일과가 끝나면 이틀 간의 휴식이 주어진다. 그런 면에서 금요일은 "일주일의 꼭짓점"이다. 요일의 맨 꼭대기가 된다. "맑거나 맛있거나"는 "저녁 내내 불온해지고 싶은", 틀에 매여 벗어나지 못한 내가 꿈꾸는 일탈이다. "흐리거나 비가" 오는 동쪽은 집처럼 한 곳에 묶여 고정화된 '나', "맑거나 맛있"는 서쪽은 자유와 일탈의 감성이 충일한 '나'를 의미한다. 동쪽의 흐림과 서쪽의 맑음은 시를 쓰기 이전과 이후의 시인이 처한 상황이나 심리 묘사라 할 수 있다. 이런 극명한 대비를 통해 "시대의 유물"과도 같은 이전의 삶에서 벗어나 "손 없는 최고의"(「손 없는 날」) 인생 2막을 살고자 하는 의지를 드러낸다.

반면 느닷없이 "사막을 건너왔어요"로 시작하는 「종이꽃」의 시적 화자는 '나'이고, 시적 대상은 종이꽃과 같은 '내 몸'이다. 이 시는 시적 화자인 내가 시적 대상인 내 몸에 대해 진술하는 형식을 취하고 있다. 주지하다시피, 사막은 내리는 비의 양에 비해 증발량이 많아 풀이나 나무가 거의 자라지 않고, 바위나 모래만 끝없이 펼쳐져 있는 황무지를 말한다. 시의 전개상 사막을 건너온 것은 "뿌리를 내리"지 못한 종이꽃보다 사막에서 실뭉치처럼 굴러다니는 회전초tumbleweed에 더 가깝다. 서부영화에서 목숨을 건 결투를 펼칠 때 등장하는 회전초는 침묵과 정적 사이를 더 극적 상황으로 몰아넣는다. 정적과 정적의 팽팽한 긴장 상태를 동적인 사물을 통해 황량·황폐·황당한 상황으로 표현한다.

시적 화자인 '나'는 회전초처럼 힘겹게 "사막을 건너"왔음에도 "내가 하는 말"을 "다른 사람들이 알아들을 수가 없"는 답답함을 토로한다. 상황의 전환을 기다리기도 하지만, 이내 정착의 꿈을 포기하고 "떠도는 법을 익"힌다. 떠돌며 "일기를 쓰"며 깨달은 것은 "여전히 달[月]마다 꽃잎 청구서가 날아"드는 여성이라는 사실이다. 모성성의 발현과 회복은 "사막에도 꽃을 피"우게 하는 원동력이다. 꽃은 '나'의 외로움과 세상과의 불통을 해소하는 장치로 작용한다. 김소월의 「산유화」에서 보듯, "저만치"는 '나'와 세상과의 거리이면서 종이꽃과 실제 꽃의 차이라 할 수 있다.

화분은 흙으로만 채울 수 있다고 믿었다

요양병원 사각의 방에 놓인 직사각형의 화분들
식물이 된 사람들이 누워 있다
간호사와 의사와 간병인이 돌보는 식물원
주말이면 같은 유전자를 가진 사람들이 찾아와
메마른 식물을 적시기도 하지만
턱도 없는 가뭄이다

도시의 생활이란
24시간 자식들이 광합성을 일으키긴 힘들어

가끔 아무도 모르게 식물은 혼자서 가지를 꺾는데
딸들의 통곡이 짧게 지나가면
무표정한 간호사는 소독약을 뿌리고 남은 잎을 떼어내
다시 올 식물을 기다린다
우리 엄마도 화분에 심겨져 있다가 이맘때쯤 뽑혀 나갔다
화분은 그대로인데 이름표만 바뀌는 식물원

그 식물원에는 자주 비가 내려도 언제나 가뭄이다.

—「화분」 전문

생명이 있는 것들의 시원始原과 헌신, 자애를 상징하는 것이 어머니(엄마)라는 말이다. 너그럽고 인자한 어머니의 부재는 대체 불가능한 공허와 불안, 그리움을 동반한다. 이번 첫 시집에는 질량을 가늠할 수 없는 어머니에 대한 많은 시편이 수록되어 있다. 기형도 시인의 "내 유년의 윗목"(「엄마 걱정」)과 맥을 같이하는 「겨울밤」, 「뒤란」, 「서랍」, 「베란다 꽃밭」 등과 "요양병원 사각의 방"에 누운 어머니를 다룬 「요플레를 먹을 땐 턱받이가 필요해」, 「화분」, 「호명」, 「고서古書」 등이 있다. 또한 어머니가 삶과 죽음의 경계를 넘는 순간의 「능소화 흘러내리다」, 장례를 치르는 「완창」, 가족이 성묘하는 「소풍」 등 많은 시편에서 어머니를 시적 대상으로 하고 있다.

요양병원에 입원한 어머니를 다룬 「화분」은 식물적 상상력이 돋보인다. 이 시에서 요양병원은 식물원, "사각의 방에 놓인" 병상은 화분, 병상에 누워 있는 사람들은 "메마른 식물"로 치환된다. 이런 상상력은 한번 입원하면 "간혹 정신줄마저 놓쳐버리는"(이하 「요플레를 먹을 땐 턱받이가 필요해」) "평균 나이 85세"의 '식물인간'인 상황에 기인한다. 평일에는 "간호사와 의사와 간병인이 돌보"지만, 주말이 되면 가족이 찾아와 찔끔 눈물을 흘린다.

임경남 시의 탁월함은 시적 대상을 직접 진술하거나 감상에 물들지 않고 대상을 객관화하여 섬세하고도 내밀하게 묘사한다는 점이다. "이맘때쯤 뽑혀 나"간 엄마의 상실이나 "울음으로 살이 오르는 화장장"(이하 「완창」)에서 엄마가

"활활 타"올라도 좀체 흥분하지 않고 시적 역동성을 조용히 가동한다. 절제된 시적 문법으로, 겉으로 표출하지 않는 슬픔과 불안을 조용히 접어 기억의 서랍에 집어넣는다. 점차 메말라가는 현대 도시인의 생리를 낮고도 단호하게 추궁하는 것도 잊지 않는다.

불안은 넝쿨식물이다 칡이 내지르듯 기어가다가 아무
나무나 잡아타고 올라가 뒤덮어버리는 것도 불안을 견디
지 못하는 습성 때문이다 나무는 혼자 울지만 칡은 함께
흔들리고 함께 꽃 피운다 약한 것들은 연대가 힘이다

어둡사리가 끼면 본능적으로 불안을 감지한 새들은 나
뭇가지를 들락거린다 하룻밤 세 들어 사는 나무에게 불
안을 넝쿨째 걸어놓고 편안한 잠을 얻고 싶은 것이다 파
닥거릴수록 발목이 빠지는 불안은 소리가 날카롭다

어머니는 주삿바늘을 품고 발끝까지 찌릿한 통증 사
이에서 쪽잠에 들었다 아침부터 까마귀 심하게 울어대자
마당에 서 있는 아버지는 세차게 흔들렸고 나는 코로나
가 심하다는 뉴스를 핑계로 마스크를 깊이 썼다

불안은 몰려다니며 전염시키는 유전자를 가졌다 칡넝
쿨을 보면 알 수 있다 나무는 뿌리로 견디지만 뿌리를 가
지지 못한 불안은 작은 바람에도 이파리를 바르르 떤다
내 마스크 안에는 아주 오래된 불안이 숨어 살고 있다

—「불안」 전문

하지만 불안한 속내까지 감추지는 못한다. 애써 감추려 하지도 않는다. 어머니가 요양병원에 입원한 순간부터 시인은 "초과한 불안을 안고"(「진달래 실종사건」) 산다. 임경남의 시에서 불안은 행복을 통과해 도달한 슬픔, 없는 것 같은데 내면 깊숙이 존재하는 상처, '나'를 돌아보면서도 주변을 살피는 마음 상태, 공간과 공간에서 느끼는 간격과 사이, 인위에서 자연을 추구하는 심리 상태를 반영한다.

불안은 한곳에 고정된 것이 아니라 끊임없이 흔들리면서 감정의 선과 면을 만들어낸다. 넝쿨식물과 같은 불안은 스스로 존재할 수 없어 타자의 몸과 마음에 공생하는 습성을 지녔다. 혼자 눈물을 흘릴지언정 불안한 모습을 함부로 드러내지 않다 보니 불안은 점점 커진다. 슬픔을 토로하거나 약한 모습을 드러내지 않는 것이 미덕인 사회 규범과 '나'를 절제하고 구속하는 것의 간극에 불안한 자아가 자리잡고 있다. "몰려다니며 전염시키는 유전자를 가"진 불안은 여간해선 면역력이 생기지 않는다. 한번 왔다가 사라지는 독감이 아니라 한번 자리 잡으면 떠날 줄 모르는 "아주 오래된" 유전병 같은 것이다.

이명은 빵 속에 빵이 사라진 난처함이다
뿌리는 어디에 걸어두었는지 나비가 걸어와
꽃가루 잔뜩 묻은 발목을 내 귀에 털어넣는다

내 것이 아닌데 내 것으로 들려오는 바닷가
소라껍데기 안에는 파도 소리만 있고 내 귀 안에는 나비
소리만 있다
공갈빵 같은 저녁
바다와 나비는 소리만 벗어두고 어디로 간 걸까

맹렬하게 내가 걸어놓은 주술이 볼륨을 높이며 온다
나비 소리 하나가 나를 먹어치우는 밤
고요도 넘치면 소란이 되는가
길고양이가 핥아놓은 새벽 두 시의 긴 꼬리를 잡고
나는 꽃잎처럼 다물어지지 않는 소리를 펴내는 중이다

당신에게 딴 여자가 생겼다는 소문이 턱밑까지 쫓아온 날
전화기는 당신을 찾아내지 못하고
나비 한 마리 날아와 내 귓속에 깊은 동굴을 팠던 것인데

충혈된 내 귓속의 소리를 먹고 자라나는 나비는
파지만 수북이 만들었다
어깨를 짚고 건너오는 풍문이 날로 살찌는 시간

—「이명耳鳴」 전문

이명은 "빵 속에 빵이 사라진 난처함"이라는 매력적인 표현으로 시작하는 이 시는 아이러니하게도 의혹과 슬픔, 불안의 정서를 숨기지 못한다. 어머니의 부재에 이어 당신에

게 생긴 '딴 여자'로 인해 이명이라는 뿌리 없는 병이 찾아든다. "빵 속의 빵"은 "공갈빵 같은 저녁"으로 유추해볼 때 채워져 있어야 할 내면이 텅 빈, 뻔한 거짓말을 지칭한다. 선택의 자유를 상실한 채 누군가의 선택을 기다리는 소극적 행위는 몸 안에 이명을 불러들인다. '당신의 바람'이라는 자극과 '난처한 선택'은 직접 찾아나서지 못한 채 이미 금이 간 공간인 집에서 전화만 하는 행동 양태를 보여준다. 집 안에서 집 밖으로 향해야 할 소리, 즉 좁은 곳에서 넓은 곳으로 향해야 할 소리가 더 좁은 몸 안에 고여 '나'를 자극하는 것이다.

영원한 시의 테마 사랑과 이별은 중독성과 이성을 마비시키는 "달콤하면(서도) 맛나"(「야릇한 잠」)는 독毒을 가지고 있다. 자극을 감당하지 못한 선택은 이명과 난청을 선사한다. 몸 안의 파도 소리와 나비 소리와 몸 밖의 강물 소리는 위태롭기만 하다. 시적 화자인 '나'는 완전한 합일을 원하지만 내 뜻과 상관없이 미완의 사랑으로 그치고, "귀는 시들어 떨어지기 직전"(이하 「귀 좀 빌려주세요」)이다. 사랑도, 이별도 명사가 아닌 동사인데, 명사로 대하고 접근해 "귀까지 멀어진"다. 뒤늦게 "속삭이는 동사"가 "명사로 변이"되지만, 얼굴은 반이 사라지고 "누군가 떨어진 내 귀를 들고 사라"진다.

그가 행복하냐고 물었다
뜨거운 그 무엇이 전류처럼 확 달아오르고 있을 때

찬바람이 불면
레나강을 돌아나온 해류를 따라
아시아에서 북극해로 헤엄쳐가는
머나먼 여정

등지느러미에 물비늘 같은 꿈을 키워가며
어머니의 어머니가 일러준
모천회귀를 사는 것

어미의 강 어느 기슭에서
산고의 아픔으로 죽어가는 것보다
골목길 포장마차에다 바다를 훌쩍 옮겨와
찬 소주잔 기울이는 막막한 목구멍에
한 점 따뜻한 위안이 되는 거라

물비늘 추억이 산란하던 부근을
탁탁 튀어오르기도 하면서

—「연어, 포장마차로 회귀하다」 전문

버드나무는 이별의 유적이다

강물에 긴 발목을 빠뜨리고 물살의 지느러미가 된 당신
내게 독한 이별을 남기고 떠난 외눈박이 물고기였다
세상의 물안개가 바깥까지 적신 당신의 신전에
우리들의 연애를 바치고

나는 위태로운 강물 소리에 한동안 난청을 앓았다

차가운 날개는 이별을 흘려보내는 강일까

—「버드나무 유적」 부분

그의 물음은 간단하다. "행복하냐?"는 것, 무심한 듯 건네는 질문이지만 대답은 곤궁하다. 느닷없는 자극에 궁리나 갈등, 혼란스러워할 새도 없이 "뜨거운 그 무언가가 전류처럼 확 달아오"른다. 넘지 말아야 할 선을 넘는 선택은 감성과 이성의 싸움 이전에 천성과 가풍, 풍속, 사회성의 문제가 먼저 개입한다. 그와 나 사이의 간극과 긴장에는 선택의 문제 이전에 추억이 개입한다.

"머나먼 여정"의 추억은 현재 상황을 전복할 수 있는 강력한 힘을 발휘할 수 있지만, 경계를 넘는 일탈은 애초에 선택지에서 벗어나 있다. 기껏 택할 수 있는 일은 "골목길 포장마차에서" "찬 소주잔을 기울"이며 스스로 "한 점 따뜻한 위안이 되는" 것이다. 임경남의 시에서 갈등이나 혼란, 혼동과 같은 시어가 등장하지 않는 건 이러한 심적 갈등을 겪지 않아서라기보다 "어쩔 수 없는 상황"(「서귀포에서 — 솔릭」)에 처했을 때, "속전속결로 슬픔을 레슨 받"(「서랍」)기 때문이다. "어머니의 어머니가 일러준/ 모천회귀로" 살기 때문이다.

시인은 지금 "복숭아처럼 여린 발목"(「베란다 꽃밭」)의 시절을 보내고 있다. 적지 않은 나이에 시작해 시의 변비로

고생하면서도 "군데군데 터지고 있는 생의 솔기"(「노루 발자국」)를 수선하는 재미에 폭 빠져 있다. 좀체 공간의 경계를 넘지 않는, "몸이 감옥인 사람"(이하 「안녕, 안녕」)에게 필요한 것은 "유목의 언어"이다. 유목은 한곳에 정착하지 않는 발상의 자유로움이 생명이다. "강은 수많은 시계가 풀어놓은 태엽"이라는 발상(상상력)이 빛을 발하려면 태엽에 좀 더 집중해야 한다.

"당신의 신전"과 "우리들의 연애", "난청을 앓"는 '나'와 같은 지류는 강물을 탁하게 하고, 그 강을 거슬러 오르는 연어의 유영을 방해한다. '나'를 찾는 여행에서 자아와 타자의 교류를 저어한다. 시적 대상(사물)에 대한 관찰과 상상, 사유가 관념의 틀에 얽매이지 말고 공간의 자유를 획득해야 참된 '나'의 발견과 시의 여행에서 알찬 성과를 거둘 수 있다. 의도는 계획의 차원이지만 실제는 통일된 연관성과 객관적 거리, 시적 긴장감의 발현이다. 불안을 숨기면 불화가 보이고, 불화를 감추면 불안이 보인다. 닿을 수 없는 곳에 도달하려면 손에 잡은 것을 내려놓아야 한다.

현대시세계 시인선 131

기압골의 서쪽은 맑거나 맛있거나

지은이_ 임경남
펴낸이_ 조현석
기　획_ 고영, 박후기
펴낸곳_ 북인
디자인_ 푸른영토

1판 1쇄_ 2021년 09월 03일
1판 2쇄_ 2022년 10월 21일
출판등록번호_ 313 - 2004 - 000111
주소_ 121 - 842 서울 마포구 서교동 467 - 4, 301호
전화_ 02 - 323 - 7767
팩스_ 02 - 323 - 7845

ISBN 979-11-6512-131-0　03810

이 책은 2021 예술표현활동 지원사업에 선정되어 발간합니다.

책값은 뒤표지에 있습니다.
저자와 협의 아래 인지를 생략합니다.